SAMUEL

DAS ERWACHTE SCHAF

Malte Meyer

www.bewusstseinsentfaltung.de

Malte Meyer

Samuel – Das erwachte Schaf

Independently published, Erstausgabe: 2023

ISBN: 9798866434183

Kontakt: Malte@bewusstseinsentfaltung.de

Gedruckt in Italien, Polen oder Deutschland

Samuel – Das erwachte Schaf

Samuels Traum

Auf einer weiten, grünen Weide lebte eine große Herde von Schafen. Die Tiere existierten gemächlich vor sich hin und verbrachten Tag für Tag damit, in ihrer gewohnten Routine zu grasen und zu schlafen. Inmitten dieser Herde war auch ein Schaf namens Samuel zuhause. Sein rundes Gesicht war von wolkenweicher Wolle umgeben und seine treuen Augen glänzten, wenn er sehnsüchtig in die Ferne blickte. Samuel war offensichtlich kein normales Schaf, denn im Unterschied zu seinen Artgenossen hatte er große Träume und wurde von einer außerordentlichen Abenteuerlust getrieben. Seitdem er ein kleines Schaf gewesen war, hatte Samuel aus der Tiefe seines Herzens den Wunsch verspürt, über die Grenzen der Weide hinauszugehen und die unbekannten Welten jenseits des Horizonts zu erkunden.

Samuel hatte früh erkannt, dass es den anderen Schafen lediglich darum ging, ihren Kopf nah am Boden zu halten, um das Gras fressen zu können. Ihre kurzen Wege bestanden darin, auf der weitläufigen Weide von einem Bündel Grashalme zum nächsten zu trotten und sich am Abend wieder schlafen zu legen. Sie lebten, um zu fressen, und sie fraßen, um zu leben. Selten hoben sie ihren Kopf, nicht einmal, um sich einen malerischen Regenbogen am Horizont anzuschauen. Samuel aber wollte nicht für den Rest seines Daseins den Boden anstarren und die Abenteuer verpassen, die er jenseits der Weide vermutete. Ihn störten die engen Begrenzungen seines schaf-konformen Daseins. Viel lieber wollte er die Welt durchstreifen und etwas Neues, Aufregendes oder Herausforderndes erleben.

Eines Tages konnte er diese Gedanken nicht mehr für sich behalten und erzählte seiner Herde von seinem Wunschtraum. Doch er stieß auf Starrköpfigkeit und engstirnige Ablehnung. Die verwirrten Schafe schauten ihn lethargisch an und tuschelten hinter seinem Rücken über seine verrückten Ideen. Sie konnten nicht begreifen, warum Samuel so fremdartig war und nicht einverstanden mit der sicheren Existenz auf der Weide sein konnte: „Wir sind Schafe", sagten sie, „und Schafe sind nicht dafür gemacht, die Welt zu entdecken. Vergiss die unsinnigen Flausen in deinem Kopf und höre auf deine Zeit zu vergeuden. Dein Abenteuer ist zum Scheitern verurteilt. Der Zaun um unsere Weide ist viermal so hoch wie du und es ist unmöglich, ihn zu überwinden. Bleib hier und friss das Gras vor dir, so wie es sich für uns Schafe gehört. Diese Weide ist schon immer unser Zuhause. Nirgends sind wir sicherer vor all den Gefahren der Welt."

Seinen Kopf gesenkt, trottete Samuel enttäuscht davon. Er fühlte sich durch die Zurückweisung unverstanden und einsam. Es war ihm schleierhaft, warum die übrigen Schafe seine leidenschaftliche Sehnsucht nicht teilten. Warum sahen sie nicht, dass jenseits der Wiesengrenzen mehr existierte als nur das Gras unter ihren Hufen oder Gefahren, die ihn das Leben kosten könnten? Warum vermochte niemand sein inniges Begehren nach Freiheit und Lebendigkeit nachvollziehen? Die Worte seiner gleichgültigen Artgenossen hallten noch eine Weile in seinem Köpfchen nach, und Samuel begann, seine eigene Sichtweise in Frage zu stellen. „Vielleicht haben die anderen ja doch recht? Vielleicht sind meine träumerischen Visionen ja bloß unsinnige Gefühlsduseleien?", dachte er. Möglicherweise war er es ja, der sich einfach anpassen und ein normales Schaf-Dasein akzeptieren musste. Samuel war entmutigt und zweifelte an seinen eigenen Träumen. Für den Rest des Tages zog er sich niedergeschlagen in eine abgelegene Ecke der Weide zurück.

Am Abend, als die glühende Sonne langsam hinter den Hügeln verschwand, erblickte Samuel herzverzehrend den fernen Horizont und beobachtete als einziges Schaf seiner Herde den atemberaubenden Sonnenuntergang am Ende der grünen Ebene und schöpfte aus diesem Anblick wieder neuen Mut. „Was für ein zauberhaftes Farbenspiel", schwärmte er träumend vor sich hin, und ließ sich von der überwältigenden Schönheit der Natur faszinieren. Er schaute auf seine Herde und wie üblich blickte niemand sonst nach oben. Alle anderen Schafe waren mit dem Fressen ihrer Grashalme beschäftigt.

In Samuel keimte der zarte Gedanke auf, ob das wirklich alles gewesen sein sollte, was das Leben zu bieten hat – eine triste Existenz auf der Weide, die ausnahmslos darin bestand, den ganzen Tag heruntergetrampeltes Grünzeug in den Mund zu befördern. Eine leichte Abendwindeskühle strich über die Gräser und ließ Samuel frösteln. Er spürte, wie ein energischer Funke Widerstand in ihm aufloderte.

In diesem Augenblick nahm Samuel einen inspirierenden Ruf seines Herzens wahr. Das Gefühl war leise, aber Samuel konnte es mit jeder

Faser seines Körpers empfinden und tief in seinem Inneren wurde ihm bewusst, dass er dafür bestimmt war, etwas Bedeutendes zu tun. Obwohl seine Herde ihn nicht verstand, wollte er die Sturheit und Ablehnung der anderen Tiere hinter sich lassen. So richtete er all seine Gedanken und Gefühle wieder auf das, was ihm wichtiger war als alles andere - seine Freiheit und Abenteuerlust. Er munterte sich selbst auf: „Ich bin stark, auch wenn die anderen Tiere es nicht erkennen. Sie sind die ganze Zeit bloß mit Fressen beschäftigt. Ich glaube, gerade weil ich anders bin als sie, bin ich zu etwas Besonderem berufen. Und obwohl mein Ziel wagemutig ist, werde ich es erreichen. Ich bin toll, so wie ich bin."

Ein unerwartetes Talent

Beruhigt von dem Gedanken, seinem Sehnsuchtstraum näher zu kommen, begann Samuel seine Umgebung genauer zu erkunden. Den ganzen nächsten Tag beobachtete er, wie die Vögel hoch oben am hellblauen Himmel majestätisch und erhaben durch die Luft glitten. Er träumte davon, selbst fliegen zu können – so würde er den hohen Zaun, der die Wiese umgab, vielleicht überwinden können. Da fiel ihm der große knorrige Baumstamm in der Mitte der Wiese ins Auge. Mit drei kurzen Sprüngen erklomm er die Spitze des alten Stammes, der mehr als doppelt so hoch wie Samuel war, und rief zu seiner Herde: „Schaut her, liebe Freunde: Ich versuche zu fliegen.“

Die anderen Schafe unterbrachen kurzzeitig ihr Fressen und blickten leidenschaftslos zu Samuel hinüber. Dieser hob erwartungsfroh ab, breitete seine Vorderbeine aus und wollte abheben – stattdessen knallte er geradewegs auf den Boden in den Matsch: *PLUMPS*. Die Herde blökte und lachte über ihn, und Samuel merkte schnell, dass Schafe einfach nicht fürs Fliegen gemacht waren. Doch Samuel gab nicht auf. Ihm wurde rasch klar, dass er zwar nicht fliegen konnte, er aber einen Weg finden wollte, um über die Grenzen der Weide hinauszugelangen. Also fing er an, seine eigenen Fähigkeiten näher zu erforschen. Sein Ausflug auf den Baumstamm hatte ihm gezeigt, dass er, ohne es vorher gewusst zu haben, im Gegensatz zu seinen Artgenossen ungewöhnlich gut im Springen war. Schließlich war er mit nur drei flinken

Sprüngen auf den mächtigen Baumstumpf gehopst. „Ein unverhoffter Lichtblick, auf dem ich aufbauen kann", realisierte Samuel und sogleich füllte sich sein Herz mit Fröhlichkeit und Selbstvertrauen. Dieser Hoffnungsschimmer brachte Samuel die Erkenntnis, dass seine Sprungkraft ihm neue Möglichkeiten eröffnete, um seinen Herzenswunsch zu verwirklichen. Vielleicht war das der Schlüssel zu seinem Ziel.

Samuel war begeistert von diesem ungeahnten Talent und hüpfte den ganzen restlichen Tag freudetaumelnd umher. Er sprang über Steine und Pflanzen hinweg, seine Augen strahlten vor Heiterkeit. Mit jedem leichtbeflügelten Sprung spürte Samuel, wie seine Seele auflebte und seine Sorgen langsam verblassten. Das war fast genauso gut wie Fliegen. Er war entschlossen, diese Begabung zu perfektionieren und seine persönliche Art des „Fliegens" zu finden. Seine Gedanken wurden von den grenzenlosen Weiten jenseits der eingezäunten Weide erfüllt. Samuel fühlte sich lebendig und losgelöst.

Doch trotz dieser neuen Errungenschaft und seines Hochgefühls konnte Samuel die Abweisung und das Unverständnis seiner Artgenossen nicht einfach so ignorieren. Und so überlegte er sich eine andere Idee, um der Herde sein eindrucksvolles Sprungvermögen zu demonstrieren. Mit klopfendem Herzen und einem Funken Hoffnung in seinen runden Augen ging er in die Mitte der Weide.

Samuel atmete langsam ein und konzentrierte sich auf das leichtherzige Gefühl von Freiheit, das ihm seine Sprünge schenkten. Mit einem energiegeladenen Anlauf schwang er sich in die Luft und flog elegant über ein anderes Schaf hinweg. Er landete sanft auf der anderen Seite. Seine Sprungkraft war wirklich bemerkenswert. Statt des erhofften Verständnisses erntete er jedoch erneutes Kopfschütteln, zumindest von den Schafen, die seinen Sprung bemerkt hatten. Gleichgültig blökten sie Samuel an, dass dieses riskante Manöver viel zu gefährlich wäre, nur zu Verletzungen führe und sowieso nichts bringe. Samuel solle seine Spielereien sein lassen und ein normales Schafsleben führen!

Die meisten Schafe in seiner Herde hatten Angst vor dem Ungewöhnlichen, fürchteten sich vor dem Neuen und konnten nicht begreifen, warum Samuel sich so von ihnen unterschied. In ihrem passiven, gewohnten Alltag - abwechselnd fressend und schlafend - hatten sie kein Interesse daran, neue Wege zu erkunden. Samuel konnte die Blicke der übrigen Schafe spüren. Voller Misstrauen und Sturheit mieden sie Samuel und tratschten abfällig über ihn. „Was nützt ihm seine Sprungkraft, wenn er nur ein Schaf ist?" hörte er sie glucksen. „Er sollte nicht versuchen, etwas Besonderes zu sein." Ihre abweisenden Worte ließen sein starkes Herz wieder etwas schwerer werden. Seine Niedergeschlagenheit galt dabei jedoch weniger ihm selbst als vielmehr den Möglichkeiten, die seine Herde verschmähte. Samuel begann, sich zurückzuziehen und seine auffälligen

Sprungeigenschaften vor den anderen zu verbergen, um nicht noch mehr Aufmerksamkeit auf sich zu ziehen. Er wollte aber nicht zulassen, dass die Zurückweisung seiner trägen Artgenossen ihn entmutigt und so trainierte er im Geheimen weiter. „Wenn ich ihnen erst einmal zeige, dass ich über den Zaun der Weide springen kann, werden sie es verstehen", ermunterte er sich selbst. Er konnte weiterhin nicht akzeptieren, dass sein Schicksal und das Schicksal der Herde darin bestehen sollte, ein monotones Leben im eintönigen Alltagstrott zu führen. Sein neugieriger Entdeckergeist und sein unbändiger Freiheitsdrang nach den Weiten der Welt waren stark und trieben ihn voran.

Die Natur ist dein Lehrer

Charakterstark und voller Willenskraft wollte Samuel sein Sprungtalent unbedingt weiter ausbauen. Aber er wusste auch, dass er noch viel dazu lernen musste. So kam er auf die Idee, sich bei anderen tierischen Lebewesen auf seiner Wiese etwas abzuschauen. Samuel lernte von den quirligen Hasen, wie man Anlauf nimmt. Er imitierte die Dynamik der springenden Grashüpfer und entwickelte eine ganz neue Absprungtechnik. Er beobachtete die schwerelos erscheinenden Vögel, wie sie voller Anmut durch die Lüfte glitten und sanft auf den Bäumen landeten und nahm sich ihre Eleganz zum Vorbild.

Als er einen großen Kranich beim Fliegen beobachtete, wurde Samuel etwas klar, das ihn weiter voranbringen sollte als alles, was er bisher gelernt hatte. Er sprach laut mit sich selbst: „Wenn die Vögel ihre Flügel ausbreiten, dann haben sie anscheinend eine größere Körperoberfläche und können besser vom Wind getragen werden. Ich muss irgendwie versuchen, meine Fläche während des Sprungs zu vergrößern". Nun hatte er keine Flügel wie ein Vogel, aber als er an sich hinabschaute, sah er die Wolllocken an seinem Körper, die sich noch mehr kringelten, wenn er seine Hufe stärker in den Boden stemmte. Er probierte ein wenig herum und nach kurzer Zeit des Experimentierens und mit ein bisschen Lockenspitzengefühl klappte es: Wenn Samuel während des Absprungs seine Muskeln auf eine ganz spezielle Weise anspannte, war er in der Lage, die einzelnen Ringellocken in seiner Wolle so auszurichten, dass sie sich wie kleine Fallschirmchen kräuselten – dadurch hatte er einen deutlich höheren Luftwiderstand, der es ihm ermöglichte, seine Schwebezeit zu verlängern. „Das hat wahrscheinlich noch kein Schaf vor mir ausprobiert", frohlockte er im wahrsten Sinne des Wortes. Um seine Körperkontrolle weiter zu erhöhen, übte er zudem das Halten seines Gleichgewichts auf Baumstämmen. Jeder Tag war eine neue Chance, den eigenen Einfallsreichtum herauszufordern und an sich selbst zu wachsen. Das Training glich mehr einem neugierigen Spiel statt einem zwanghaften Unterfangen, das durch Ehrgeiz getrieben worden wäre. Samuel bewahrte sich den Spaß und die Freude bei dem, was er sich vorgenommen hatte.

Eines Tages konnte Samuel eine Gruppe von Rehen erblicken, wie sie mühelos über den hohen Zaun auf seine Wiese sprangen. Aufmerksam nahm er ihre grazilen Bewegungen wahr und verfolgte gebannt die geschmeidigen Abläufe ihrer Körper. Samuel begriff, wie sie ihre Muskeln anspannten, den Schwung nutzten und ihre Sprünge präzise abpassten. Genauso musste er es auch machen!

Inspiriert von diesen unterschiedlichen Lebewesen, versuchte Samuel viele Tage, ähnliche Techniken einzustudieren. Er sammelte jedes Stückchen Wissen und jede Erfahrung, um seine Fähigkeiten zu verbessern. Es gab viele Dinge zu beachten: Die Körperhaltung, den passenden Absprung, die richtige Dynamik des Schwungs, einen möglichst hohen Luftwiderstand an der richtigen Stelle oder auch die anschließende Landung auf dem Boden. Hier war es sehr entscheidend, die genauen Zeitpunkte richtig abzupassen und die eigene Kraft effektiv einzusetzen. Kreativ und ambitioniert, probierte er sich an allem, was seine Wiese hergab: an größeren Steinen, Gräben, Büschen und Baumstämmen. Natürlich gab es Momente der Enttäuschung und der Frustration, denn nicht jeder Versuch war sofort erfolgreich. Manchmal verpasste er den genauen Augenblick oder überschätzte sein eigenes Können, landete unsanft auf dem Boden und tat sich weh. Die Misserfolge waren kurzzeitig entmutigend, aber Samuel ließ sich nicht von seinem Ziel abbringen. „Das Wesentliche ist, immer wieder aufzustehen, wenn man hingefallen ist", motivierte er sich selbst. Rückschläge waren ein erforderlicher Teil des Entwicklungsprozesses, das wurde Samuel während des Übens klar. Aus diesen Situationen konnte er lernen und wurde jedes Mal stärker und sicherer – ohne dabei die spielerische Neugier zu verlieren. Samuel richtete seinen sehnsuchtserfüllten Blick immer wieder auf die benachbarten grünen Wiesen, die fernen Berge und dichten Wälder, die jenseits des hohen Zauns lagen. Er wollte sie unbedingt erkunden und die unberührten, saftigen Gräser kosten.

An einem sonnigen Morgen, als der frische Morgentau die Weide bedeckte und die Vögel ihre harmonischen Lieder sangen, fasste Samuel den Entschluss, seine bisher erlernten Techniken auf die Probe zu stellen. An einer Ecke der Weide stehend, ließ er seinen Blick über das offene Feld schweifen. Sein Körper pulsierte vor Nervosität und Vorfreude, als er sich entschied, einen waghalsigen Sprung zu vollziehen. Er hatte sich vorgenommen, den großen Baumstamm in der Mitte der Wiese, für den er früher noch drei Sprünge gebraucht hatte, mit einem Satz zu überwinden. Samuel zog alle Kraft aus seinen Muskeln und seinem Herzen zusammen, nahm Anlauf und sprang mit vollem Schwung vom Boden ab. Er kräuselte seine Locken zu Fallschirmen, wie er es sich selbst beigebracht hatte und schwebte für einen kurzen Augenblick regelrecht in der Luft. Ein Gefühl der befreiten Grenzenlosigkeit durchströmte ihn, als er höher und höher in den Himmel stieg. Es war ein unbeschwerter Moment der Glückseligkeit, in dem er seine Sorgen und Zweifel vergaß. Mühelos überwand er den Baumstamm, der mehr als doppelt so war hoch wie er selbst. Die übrigen Tiere der Herde bemerkten seinen Sprung dieses Mal nicht, doch das kümmerte Samuel in diesem Moment kaum.

Glaube an dich!

Der tapfere Samuel verbrachte viel Zeit damit, allein zu üben, aber er sehnte sich auch immer wieder nach Akzeptanz und Anerkennung. Er unternahm einen letzten Versuch, die anderen Schafe davon zu überzeugen, dass seine Sprungkunst für sie alle von Vorteil sein könnte, wenn er es nur über den hohen Zaun schaffen könnte. „Wir hätten alle etwas davon, wenn wir auf die grüneren Wiesen kommen könnten. Wenn ihr auch das macht, was ich mache, können wir alle Grenzen überwinden und zusammen dahin gehen, wohin wir wollen. Wir können das sein, was wir sein wollen. Versteht ihr?", versuchte er sie voller Ambition umzustimmen. Doch seine behäbigen Artgenossen blieben stur und stellten sich taub.

Allerdings nahm er die Reaktion und das Unverständnis der Herde nicht mehr so persönlich wie noch vor ein paar Tagen. Er hatte die ablehnende Haltung der Herde akzeptiert und wusste, dass er ein Außenseiter war. Doch er hatte begonnen, einen Rückhalt in seinem eigenen Selbstvertrauen zu finden. Tief in seinem Inneren bewahrte er seine beglückende Daseinsfreude und seinen zuversichtlichen Optimismus. Er wusste, dass seine willensstarke Neugierde ihm und der Herde neue Horizonte eröffnen könnte. Er wusste nicht genau, wie, aber er vertraute auf das Gefühl.

Mit der Zeit wuchs in Samuel die Erkenntnis, dass es deutlich wichtiger war, an sich selbst zu glauben, als von anderen für etwas anerkannt zu werden, das er nicht sein wollte. Ihm war bewusst geworden, dass er seine Träume nicht von der Zustimmung anderer abhängig machen durfte. Er hatte eingesehen, dass seine Wünsche und seine Entwicklung nur von ihm selbst und seiner Einstellung abhingen - der Sprung über den Baumstamm hatte es ihm bewiesen. Es war einzig und allein seine Aufgabe, jede Möglichkeit und alle Fähigkeiten zu nutzen, um das Beste aus seinem Leben zu machen.

Und so trainierte Samuel tagelang weiter und feilte eifrig an seiner Sprungkraft. Während seiner Sprungübungen bemerkte Samuel hinter einem kleinen Busch ein anderes Schaf, das etwas abseits der Herde stand. Es war Liam. „Was machst du hier, Liam?“, fragte Samuel etwas stutzig und unterbrach seine Sprünge. Liam hatte Samuel nicht bemerkt und versteckte schnell etwas unter dem Busch. „Gar nichts“, entgegnete er. „Und es geht dich auch nicht viel an. Hüpf einfach weiter.“

Samuel akzeptierte, dass Liam nicht mit ihm reden wollte und ohne einen weiteren Blick auf das Versteck verabschiedete er sich wieder. „Ist in Ordnung, ich wollte dich nicht stören. Ich weiß nicht, ob du es bemerkt hast, aber deine Hufe sind sehr schmutzig.“ Liam schaute etwas ertappt auf seine Hufe. „Ja, habe ich“, antwortete Liam und verschwand hinter dem Busch. Samuel war froh, mal wieder mit einem anderen Schaf gesprochen zu haben, aber dachte nicht weiter über die Begegnung mit Liam nach. Sein Fokus lag auf dem Springen und so trainierte er nimmermüde weiter.

Der Sprung seines Lebens

Er fand im Laufe der Zeit liebevolle Unterstützung in den natürlichen Gegebenheiten, die überall um ihn herum zu finden waren. Samuel lauschte dem Wind, der ihm sanft zuflüsterte, dass er auf dem richtigen Weg war. Er beobachtete die Sonne, wie sie beständig jeden Tag aufging und ihm mit ihrem warmen Licht neue Energie schenkte. Und er sah die kleinen Gänseblümchen und den Löwenzahn, die trotz ihrer zarten Stängel stolz ihre Köpfe dem Himmel entgegen reckten.

Nach und nach begann Samuel, seine Einzigartigkeit als Geschenk zu betrachten. Sein Sprungvermögen gab ihm die Möglichkeit, die Welt aus einer anderen Perspektive wahrzunehmen und seinen eigenen Weg zu gehen. Was er bisher erreicht hatte, machte ihn stolz - auch wenn die übrigen Schafe diese Entwicklung nicht nachvollziehen konnten. Doch hatte er zugleich nicht den geringsten Zweifel daran, dass es andere Geschöpfe geben musste, die sein Talent zu schätzen wissen würden. Wer weiß, was er noch von ihnen lernen konnte. Erfüllt mit einer vollkommenen Zufriedenheit schlief Samuel mit diesem Gedanken ein. Und so kam es, dass er am nächsten Morgen mit einem überschwänglichen Gefühl aufwachte, das von der absoluten Überzeugung in seine eigene Begabung erfüllt war. Ihm war klar, dass heute der Tag sein würde, an dem er den Zaun überwinden würde. Und so nahm er all seinen Mut zusammen und stellte sich erhobenen Hauptes in Blickrichtung des Zaunes.

Samuel spürte das leidenschaftliche Verlangen nach grenzenloser Freiheit und neuen Abenteuern. Seine glänzenden Augen fixierten den hohen Zaun, der ihn von der unbekannten Welt jenseits der Weide trennte. Der Zaun war mindestens doppelt so hoch wie der knorrige Baumstamm in der Mitte der Wiese und mehr als viermal so hoch wie Samuel selbst. Es war das schwierigste Hindernis, über das er je zu springen versucht hatte.

Die Sonne stand hoch am blauen Himmel und ihre Strahlen glitzerten auf Samuels kuscheligem, wolligem Fell. Ein laues Lüftchen des Frühlingserwachens strich über seine Schnauze und flüsterte ihm Geschichten von fernen Landschaften zu. Samuel konnte das Rascheln der Blätter im Wind und das Rauschen des nahen Flusses hören. Jede Faser seines Körpers schrie nach dem Neuen und Unbekannten, nach dem Ruf der Entfaltung und der freien Ungebundenheit. Es war eine Mischung aus tapferer Zuversicht und neugieriger Furcht, die durch seinen wolligen Schafskörper vibrierte. Mit jedem Atemzug sammelte Samuel Kraft und Entschlossenheit. Sein Herz schlug so schnell wie noch nie zuvor. Seine Augen schimmerten vor leidenschaftlicher Lebendigkeit, und Samuel bebte von den Hufen bis zur Schnauze vor sehnsüchtiger Aufregung.

Der Moment war gekommen. Samuel stellte sich auf seine Hinterbeine und reckte seinen Körper stolz dem Himmel entgegen. Er fokussierte seine Gedanken und Gefühle auf den weichen Hügel jenseits des Zauns und auf die neuen

Entdeckungen, die ihn erwarteten. Eine Woge der Energie durchströmte ihn, als er seine Muskeln anspannte. „Ich schaffe es!", bestärkte er sich selbst. Und dann geschah es: Samuel nahm einen weiten Anlauf, er lief so schnell er konnte und kurz vor dem Zaun katapultierte er sich in die Luft, stieg immer höher empor, kräuselte seine wolligen Locken zu Fallschirm-Kringeln und flog, als ob er bei diesem Sehnsuchtssprung von unsichtbaren Flügeln getragen würde. Die Zeit schien stehen zu bleiben, als er himmelwärts durch die scheinbar schwerelose Luft schwebte. Unter ihm erstreckten sich die Weide und der Zaun, klein und unbedeutend, während er sich in die Weiten des Unbekannten hineinwagte.

Für einen kurzen Moment empfand Samuel eine unmittelbare Einheit mit der Natur, eine allumfassende Verbindung zu allem, was lebt. Samuel fühlte sich so lebendig wie nie zuvor. Ein herzbeseeltes Glücksgefühl durchflutete seinen Körper und euphorisch breitete sich ein erfülltes Lächeln auf seinem runden Gesicht aus. Bei der anschmiegsamen, sanften Landung auf der anderen Seite des Zauns spürte Samuel den weichen Boden des Hügels unter seinen Hufen. Er hatte das Unmögliche geschafft, er hatte die Grenzen der Weide überwunden und war seinem innersten Freiheitsdrang gefolgt. Er war angekommen, aber gleichzeitig war er auch losgelöst von allem, was er zuvor gekannt hatte. Einige andere Schafe hatten seinen Sprung bemerkt, reagierten aber nicht weiter und setzten stur ihr übliches Fressen fort. Daher ersparte sich Samuel, seine Herde darauf hinzuweisen, was er vollbracht hatte. Sie würden es ohnehin nicht nachvollziehen können. Dennoch blickte Samuel für einen Moment wehmütig, aber auch mit Erleichterung zurück. Es war ein merkwürdiger Gedanke, seine Herde zu verlassen, aber er war sich auch sicher, bald zurückzukehren. Die grenzenlose Weite der Welt lag vor ihm und so startete Samuel sorgenfrei und erwartungsvoll in ein aufregendes Abenteuer.

Die weite Welt

Frohen Mutes, mit einer unbekümmerten Leichtigkeit und durchströmt von purer Lebensfreude wanderte er an einem ruhig dahin plätschernden Bach entlang, dessen klares Wasser ihn erfrischte und mit neuer Kraft versorgte. Er hüpfte voller Elan steile Berge hinauf, seine Hufe fest in den Felsen geklemmt. Der Wind strich milde durch sein Fell und trug den Duft der Blumen und Bäume zu ihm herüber. Samuel genoss den atemberaubenden Ausblick von den Gipfeln, die ihn daran erinnerten, dass er sehr klein im Vergleich zu der Weite des Horizonts war. Auf seinen Streifzügen überquerte er weite Felder, die von goldenem Sonnenlicht durchflutet waren. Die sanfte Brise ließ das Gras in Wellen tanzen und füllte die Luft mit Wogen von Freiheit. Mit tapferem Herzen erkundete Samuel die verborgene Landschaft. Ihre Konturen erstreckten sich vor ihm wie ein lebendiges Gemälde. Mit jedem Schritt, den Samuel auf seiner Entdeckungsreise ging, wurde er mutiger und vertraute immer mehr auf seine Fähigkeiten. Seine wanderlustige Zuversicht führte ihn in weiteres unbekanntes Terrain, in dem die geheimnisvolle Vielfalt der Natur darauf wartete, enthüllt zu werden.

Nachdem die Sonne gerade hinter den Bergen verschwunden war, kreuzte im Dämmerlicht des Waldes eine majestätische Eule seinen Weg. Ihre Augen leuchteten wie Juwelen in der aufkommenden Dunkelheit. „Willkommen, junger Wanderer", hauchte sie mit einer tiefen Stimme, in der sich die Magie der nächtlichen Mondscheindämmerung widerspiegelte. „Ich bin Luna, Wächterin der Nächte und des Mondes, und ich erspähe jedes feinste Detail, das vom Dunkel umgeben ist.“ Fasziniert von der Eule und ihrem erstaunlichen Talent, horchte Samuel gespannt den Geschichten, die Luna zu erzählen hatte. Sie nutzte ihre Gabe, um verirrte Tiere mit einem sanften Flügelschlag den richtigen Weg zu weisen und ihnen Schutz in der dunklen Nacht zu spenden.

Gemeinsam schweiften Samuel und Luna in der Finsternis umher, während Luna ihm die verborgenen Geheimnisse des funkelnden Firmaments enthüllte. Sie lehrte Samuel, wie man sich an den Bildern der Sterne orientiert und wie die sanften Rhythmen des Himmelszeltes zu einem

Kompass werden können, der den Weg zeigte. Samuel war ganz ehrfürchtig zumute: „Die Sterne sind überwältigend. Von meiner Weide sahen sie fast genauso aus, aber hier draußen scheinen sie noch viel heller." Luna erklärte ihm: „Ja, Samuel, die Sterne sind so weit entfernt, dass es den Anschein erweckt, als würden sie stillstehen. Aber stattdessen bewegen sie sich rasend schnell. Und wenn du genau hinschaust, siehst du, dass sie alle etwas unterschiedlich flimmern. Dies liegt daran, dass die einzelnen Lichtstrahlen eines jeden Sterns auf ihrem Weg zu uns immer durch die umgebende Luft beeinflusst und etwas abgelenkt werden. Und aufgrund dieser Unterschiedlichkeit ist jeder einzelne Stern für das gesamte Bild von grundlegender Bedeutung, damit wir uns orientieren können."

Samuel war von Lunas Wissen beeindruckt. Er hatte den Nachthimmel auch früher von seiner Wiese aus schon häufiger betrachtet, aber den Sternen nie einen besonderen Stellenwert beigemessen. Am nächsten Morgen verabschiedete er sich beglückt von Luna und begab sich weiter auf seinen aufregenden Pfad in das Unbekannte.

Lerne immer dazu

Gutgelaunt und nach einer halben Tageswanderung durch die unberührten und herrlich bunt geschmückten Felder und Wälder offenbarte sich Samuel eine weitere liebenswürdige Gestalt: „Sei gegrüßt, unerschrockener Entdecker, klang eine Stimme fröhlich und voller Tatendrang. „Ich bin Fynn, Kletterkönig der Baumwipfel, und der Wald ist mein großer, spannender Spielplatz."

Ein geschicktes Eichhörnchen bewegte sich mit flinken Bewegungen und einer spielerischen Feinheit durch die Baumkronen. Es hatte die Kunst des Kletterns perfektioniert und der zierliche Körper kannte durch seine filigrane Gewandtheit keine Grenzen. Samuel konnte seinen Augen kaum trauen, als er beobachtete, wie Fynn mit beschwingter Leichtigkeit von Ast zu Ast sprang und mit seinen wendigen Pfoten geschickt ein Festmahl aus Nüssen und Samen zusammenstellte. Doch was Samuel am meisten imponierte, war Fynns großzügiges Herz und seine entschlossene Hingabe, sich um andere Lebewesen zu kümmern. In Zeiten, in denen die Nahrung knapp wurde, teilte Fynn voller Güte seine Fundstücke mit denjenigen, die Schwierigkeiten hatten, selbst ausreichend Nahrung zu finden.

Fynns warmherziges Wesen und sein unermüdliches Bestreben, für das Wohl der Tier-Gemeinschaft zu sorgen, berührten Samuel. Zusammen erkundeten die beiden die dichten Wälder, während Fynn ihm die Geheimnisse des geschmeidigen Balancierens auf schmalen Ästen und verschiedenste, geschickte Bewegungsabläufe beibrachte.

„Ich würde dir gern noch etwas zeigen, Samuel." Der kleine Kletterer demonstrierte Samuel, wie er in einer bestimmten Körperhaltung einen regelrechten Schwebesprung vollführte, und mitten im Sprung die Richtung ändern konnte. Samuel staunte. „Bitte Fynn, bringe mir diese unglaubliche Technik auch bei." Miteinander übten sie einen ganzen Tag lang, wie Samuel seinen wolligen Körper mitten im Sprung verdrehen musste, um einen Richtungswechsel in der Luft ausführen zu können.

Und tatsächlich, nach vielen Versuchen schaffte es Samuel, seinen bisher geradlinigen Sprung weiterzuentwickeln und sogar Drehungen, Biegungen und Kurven in seine Sprünge einzubauen. Verblüfft über seine neue Fähigkeit sagte er: „Vielen Dank, lieber Fynn, dass du mir das gezeigt hast." Fynn freute sich, dass er Samuel helfen konnte und antwortete: „Vertraue deinem Instinkt und lass die Zweige und den Boden unter deinen Hufen zum Leben erwecken", flüsterte Fynn mit einem verschmitzten Lächeln. „Die Bäume sind unsere Freunde und der Wald birgt endlose Möglichkeiten, wenn wir uns mit seiner Magie verbinden. Es gibt immer etwas Neues zu lernen und zu entdecken."

Lausche der Natur

Herzlich und mit dankbarerer Wertschätzung verabschiedete sich Samuel von Fynn und setzte sein Abenteuer durch die Weiten der Natur fort. Nach einiger Zeit stieß er auf ein munteres und eindrucksvolles Geschöpf, das ihn in die wundersamen Phänomene der Natur einweihte. Es war Mia, eine zierliche Feldmaus mit einem außerordentlich sensiblen Gespür für Gefahr. Als sie ihn mit ihrer klaren Stimme anredete, spitzte sie ununterbrochen ihre Ohren, aufgeweckt und wachsam: „Willkommen, tapferes Schaf. Ich bin Mia, die Hüterin der Stille, und ich horche dem Flüstern der Natur. Ich habe dich bereits vor 10 Minuten hören können."

Ihre empfindlichen Ohren lauschten unablässig den Klängen der Umgebung und verrieten ihr die leisesten Geräusche, die auf mögliche Bedrohungen hinwiesen. Noch nie hatte Samuel ein Tier getroffen, das ein solch empfindsames Gehör hatte und intuitiv so spontan handeln konnte wie diese Feldmaus. Dadurch konnte Mia andere Tiere vor herannahenden Gefahren warnen und ihnen helfen, sich rechtzeitig vor einem Unwetter in Sicherheit zu bringen. Mias sorgsames Wesen und ihr starker Instinkt ließen Samuel staunen. Er erkannte in ihr eine wachsame Beschützerin, von der er noch sehr viel lernen konnte. Zusammen bewegten sie sich über die goldenen Felder und Mia lehrte Samuel, auf die subtilen Botschaften der Umgebung zu achten. „Mia, kannst du mir zeigen, wie ich die Natur hören kann?", fragte Samuel voller Wissensdurst. „Spüre die Schwingungen der Erde und lausche dem sanften Rascheln des Grases", flüsterte Mia mit einer Mischung aus Zärtlichkeit und Überzeugung. „Die Natur spricht

zu uns, wenn wir bereit sind, ihr Gehör zu schenken. Sie zeigt uns den Weg und warnt uns vor Gefahren, wenn wir unsere Sinne für sie öffnen." So schulte er seine Sinne und war bald imstande, die feinsten Nuancen des Klangs wahrzunehmen. Für Samuel eröffnete sich eine neue Welt voller verborgener Zeichen und unterschwelliger Warnungen, die nur darauf warteten, entschlüsselt zu werden. Inspiriert von Mias Sensibilität, schärfte Samuel seine unentdeckten Sinne und lernte, auf die leisen und kaum spürbaren Zeichen der Umgebung zu achten.

Rettung in der Not

In tiefer Dankbarkeit für die gemeinsame Zeit nahm Samuel von seiner kleinen Freundin Abschied und setzte seine Reise fort. Er lebte nun ein anderes Leben im Vergleich zu früher auf der Weide, ein Leben, in dem jeder Tag neu, erfüllend und voll spannender Möglichkeiten war. Die Begegnungen mit diesen drei außergewöhnlichen Geschöpfen beflügelten nicht nur Samuels Vertrauen in seine persönliche Begabung, sondern erweiterten auch sein Verständnis für die Vielfalt der Eigenheiten, die in der Tierwelt existierten. Er begriff, dass jedes Tier auf seine individuelle Weise einzigartig war und seine Talente zum Wohle anderer einsetzen konnte. Samuel spürte, wie sich durch diese Einsicht auch sein eigenes Bewusstsein ein stückweit entfaltete. Er begriff nun, dass seine Sprungbegabung nicht nur ein Vergnügen für ihn bedeuten sollte, sondern auch eine Möglichkeit darstellen konnte, anderen Lebewesen zu helfen und durch fürsorgliches Handeln eine positive Veränderung zu bewirken.

Seine Kenntnisse waren gewachsen und seine Sinne geschärft, als er gerade etwas zur Ruhe kam, und in der Ferne ein kaum wahrnehmbares, verzweifeltes Krächzen vernahm, das sein Herz in Aufregung versetzte. Er stellte seine Ohren auf, wie er es von Mia gelernt hatte, und folgte lange dem immer lauter werdenden Geräusch. Plötzlich fand er sich in einer dichten Baumlandschaft wieder. Der Wald war von schattigen Baumkronen überzogen, durch die das Sonnenlicht nur spärlich auf den

Boden vordringen konnte. Samuel bahnte sich einen Weg durch das Dickicht, und er kam den verzweifelten Rufen immer näher. Auf einmal stand er direkt vor einem steilen, finsteren Loch. Fast wäre er in die tiefe Grube hineingefallen. Als seine Augen sich an die Dunkelheit gewöhnt hatten, entdeckte er am Boden des Lochs einen kleinen Fuchs, der verzweifelt um sein Leben kämpfte. Der Fuchs hatte bei dem Versuch, die Grube zu umgehen, den Halt verloren und war hinein in die Tiefe gestürzt. Samuel sah, dass der Fuchs verletzt war und humpelte. Das Schreien des kleinen Wesens war voller Angst und Hoffnungslosigkeit. „Bitte hilf mir, liebes Schaf!" Die Grube war viel zu tief, um allein hinaus zu kommen. Die rutschigen und kantigen Seitenwände boten einfach keinen Halt.

Samuel blickte in die weinenden Augen des erschöpften Fuchses und zögerte keine Sekunde. Er hatte von den anderen Schafen auf der Weide gelernt, dass Füchse gefährlich sein könnten, und doch spürte er intuitiv, dass dieser Fuchs in Not war und seine Hilfe dringend benötigte. Das Wissen der Herde über Füchse war geprägt von Vorurteilen und Ängsten, die von Generation zu Generation weitergegeben worden waren. Doch Samuel hatte gelernt, dass Vorurteile oft irreführend sein können und dass es wichtig war, Mitgefühl und Empathie für andere Lebewesen zu haben. Und so war er fest entschlossen, dem armen Fuchs zu helfen, obwohl er im Hinterkopf noch die Stimmen seiner Artgenossen hatte und die Grube wirklich sehr tief, felsig und dunkel war.

Samuel näherte sich dem Rand des Lochs und begutachtete die Grube aufmerksam. Der hilflose Fuchs blickte Samuel hoffnungsvoll, aber auch skeptisch an. Da bemerkte Samuel eine Steinkante, die auf halber Strecke nach unten seine Flugbahn kreuzen würde. Diese felsige Kante verhinderte einen einfachen Sprung, war aber nicht groß genug, um darauf zu landen. Samuel war sicher, dass er es schaffen konnte, denn die Techniken, die er bei Fynns filigranen Sprung- und Kletterübungen gelernt hatte, würden ihm helfen. Samuel holte tief Luft und ließ Stärke in sich aufsteigen. Seine Muskeln spannten sich an, als er sich bereit machte, den Sprung in die Grube zu wagen. Mit einem kraftvollen Satz verließ er den festen Waldesgrund und schwebte durch die Luft. Er hörte Steine bröckeln und in die Grube hinabfallen. Während sein Herz so heftig schlug, dass er es bis in seine Ohren hören konnte, behielt er mit äußerster Körperbeherrschung die Kontrolle über jede einzelne Bewegung. In dem Moment, in dem Samuel kurz vor dem gefährlichen Felsvorsprung angelangt war, drehte er seinen Körper um die eigene Achse, zog sein linkes Vorder- und Hinterbein ganz nah an sein wolliges Fell heran und drehte sich in einer Bananenkurve um die spitze Felskante herum, genauso wie Fynn es ihm gezeigt hatte. Er segelte haarscharf daran vorbei und hatte jetzt nur noch den Boden der Grube vor sich.

Die Blicke des Fuchses veränderten sich von Skepsis zu Erstaunen, als er Samuel heldenhaft von oben heruntergleiten sah. Die Erleichterung überwältigte ihn, als Samuel mit eleganter Leichtigkeit neben ihm in der Grube landete. Der gefangene Fuchs sah Samuel mit seligfrohen Augen an. Er konnte kaum begreifen, dass ihm jemand zu Hilfe gekommen war und sprach mit entkräfteter Stimme. „Ich bin dir so unendlich dankbar, dass du den Mut hast, mir zu helfen. Ich bin Kuri.“ Samuel überzeugte Kuri, sich auf seinen weichen Rücken zu setzen, sich mit seinen Pfoten an Samuels Fell festzuhalten und seinen Kopf einzuziehen. Mit Kuri fest im Griff, bereitete sich Samuel auf den schwierigen Aufstieg vor. Fynns Techniken in Gedanken durchgehend, brachte er seinen Körper in Position und sammelte all seine Kraft. Sein Herz raste weiter, doch er blieb ruhig, seine Konzentration auf die Felskante gerichtet, die er erneut überwinden musste. Er atmete tief ein, seine Muskeln angespannt in Erwartung des Sprungs. Mit einem kraftvollen Schub katapultierte er sich aus der Tiefe der Grube hinauf. Die Steine unter seinen Füßen gaben nach, er stieß ab und flog empor nach oben. Wieder kam der Felsvorsprung in Sicht, er drehte sich, zog die Beine an und schaffte es, wie vorher, die gefährliche Steinkante zu umgehen. Der Atem stockte ihm, während er die Schwere des Fuchses auf seinem Rücken spürte, doch er ließ nicht zu, dass ihn dies aus der Balance brachte. Die Welt schien für einen Moment stillzustehen, als Samuel mit Kuri auf dem Rücken durch die Lücke zwischen Felskante und Grubenwand schwebte. Er konnte den überraschten und erleichterten Blick in Kuris Augen regelrecht spüren, doch er hatte keine Zeit, darauf zu reagieren. Mit all seiner Energie und Kontrolle steuerte er nach oben Richtung Wald. Schließlich, mit einem letzten, kraftvollen Aufkräuseln seiner Fallschirm-Locken, konnten sie gemeinsam und sicher aus der Grube gleiten und landeten sanft auf dem Waldboden. Samuel spürte, wie Kuri sich noch an seinem Fell festhielt, dann aber seine Pfoten lockerte und den Kopf hob. Sie waren zurück im sicheren Wald, sie hatten es geschafft. Sein Mut und die Beharrlichkeit hatten sich ausgezahlt.

Kuri konnte seine Dankbarkeit gegenüber Samuel kaum in Worte fassen. „Ich hatte alle Hoffnung verloren", gestand er, und Freudentränen glänzten in seinen treuen Augen, während sie sanft auf den Waldboden fielen. „Du hast mir das Leben gerettet, Samuel. Du bist ein wahrer Held und ich werde dir auf ewig zu Dank verpflichtet sein." Samuel lächelte bescheiden zurück und sagte: „Es war mir eine Ehre, dir helfen zu können, Kuri. Es ist ein wunderbares, herzerwärmendes Gefühl, meine Fähigkeiten einzusetzen, um in der Not zu helfen." Kuri betrachtete Samuel eine Weile, sein Blick voller Respekt und Wertschätzung. Schließlich seufzte er und sagte: „Es gibt etwas, das ich dir zeigen möchte, Samuel. Es ist ein Geheimnis, das ich bisher mit niemandem geteilt habe. Aber du... du hast gezeigt, dass du tapfer, treu und empfindsam bist. Du bist nicht nur ein Held, du bist auch ein Freund." Der kleine Fuchs zögerte einen Moment und schaute Samuel direkt in die Augen. „Ich möchte dir einen versteckten Pfad zeigen, der zu einem magischen See führt. Es ist ein besonderer Ort für mich, ein Platz voller Wunder und Ruhe. Dieser Ort liegt mir sehr am Herzen und ich glaube, du bist der Richtige, dem ich ihn zeigen kann. Würdest du ihn gerne sehen?" Mit einer Mischung aus Ehrfurcht und Neugier stimmte Samuel zu, Kuri auf den geheimen Pfad zu folgen, gespannt auf das magische Geheimnis, das der Fuchs bereit war, mit ihm zu teilen.

Eine weise Lehrerin

Jenseits des Pfades lag der See still inmitten des Waldes und war von einer zauberhaften Atmosphäre erfüllt. Das Wasser schimmerte prächtig in allen erdenklichen Farben, und das Ufer war mit leuchtenden, blütenbunten Lotusblumen, Seerosen, umherschwirrenden Libellen und Schmetterlingen gesäumt. „So ein phantastischer und gleichzeitig behutsamer Ort", schwärmte Samuel dem stolzen Kuri vor. Die beiden Freunde ließen sich am Ufer nieder und lauschten dem sanften Rauschen der leisen Wellen. Sie unterhielten sich den ganzen Tag über Samuels abenteuerliche Erlebnisse und schliefen schließlich ein. Am nächsten Morgen verabschiedete sich Kuri von Samuel und bedankte sich nochmals bei ihm für seine Hilfe. „Mach´s gut, mein Freund." Samuel jedoch beschloss, noch eine Weile hier zu verbleiben, denn über diesem mystischen und märchenhaften Ort lag eine behütete Ruhe und verwunschene Magie, die Samuel in sich aufnehmen wollte.

Von der harmonischen Schönheit des Sees ging eine Faszination aus und Samuel spürte, wie die friedvolle Ruhe seinen Geist erfüllte. Er ließ den Blick das Ufer entlang wandern und entdeckte zu seinem Erstaunen ein anderes Schaf, das auf der gegenüberliegenden Seite des Sees im Schattenlicht der Bäume auf einer sanften Anhöhe am Wasser saß. Samuel machte sich auf den Weg zu dem anderen Schaf. Er spürte, dass dies nicht einfach ein normales Schaf war, nicht so wie die

Schafe, die er von seiner Herde kannte. Dieses Schaf strahlte eine wunderbare Weisheit und Gelassenheit aus. Als Samuel die andere Seite des Sees erreicht hatte, lächelte ihn das geheimnisvolle Schaf mit Geborgenheit und Güte an: „Willkommen, Samuel, ich bin Mali", erklang eine Stimme, die voller Güte und Erkenntnis klang. Samuel fühlte sich von Malis ruhiger Aura angezogen und spürte eine selige Verbindung zu diesem weisen Schaf. Er setzte sich neben Mali und erzählte ihr von seinen Abenteuern, von Luna, Fynn, Mia und dem Fuchs Kuri, den er gerettet hatte. Mali hörte aufmerksam zu und nickte lebenserfahren: „Du hast viel gelernt, Samuel, und dein Herz ist erfüllt von Mut, Entschlossenheit und Mitgefühl. Du bist auf dem richtigen Weg, und ich erkenne in dir eine besondere Seele." Die Worte des edelmütigen Schafs überraschten Samuel. „Aber die anderen Schafe verstehen mich nicht", antwortete er mit einem Hauch von Traurigkeit in der Stimme. „Sie lehnen mich ab und zweifeln an meiner Perspektive, die Welt zu sehen. Wenn sie doch nur wüssten, wie es sich anfühlt, frei zu sein."

Mali stimmte voller Einfühlungsvermögen zu: „Es ist nicht ungewöhnlich, dass Schafe etwas, was sie nicht kennen oder begreifen, entsprechend fürchten oder ablehnen. Je öfter Schafe eine Sache wiederholen, die sie tun oder gesagt bekommen, desto weniger stellen sie die Richtigkeit ihres Handelns und Denkens in Frage und es ist sehr schwer, sie von etwas anderem zu überzeugen. Die Normen und Vorgaben der Schafherden sind starr und schwer aufzubrechen. Deshalb reagieren die anderen Schafe abweisend auf Dinge, die anders sind als das, was sie als 'normal' kennen. Dadurch wirst du als sonderbar wahrgenommen und wirst zum Außenseiter", erklärte sie ruhig. „Aber du darfst dich davon nicht entmutigen lassen. Du besitzt eine Gabe, welche die anderen Schafe womöglich nicht haben. Das mag beängstigend für sie sein, weil sie sich damit konfrontiert sehen, dass es mehr gibt als das Bekannte und Gewohnte. Diese Angst vor dem Unbekannten lähmt sie, weil sie sich nur in ihrer normalen Umgebung sicher fühlen. Diese Sicherheit ist für sie wichtiger als Freiheit. Du kannst kein Schaf zwingen, etwas zu verstehen, wofür es noch nicht bereit ist."

Als Samuel diese nachsichtigen Worte hörte, breitete sich ein erleichtertes Lächeln quer über sein wolliges Gesicht aus. Selbst mit seinen Freunden Luna, Mia, Fynn und Kuri hatte er noch keine Unterhaltung wie diese geführt. Er strahlte vor lebhafter Begeisterung und war überwältigt davon, dass er jemanden seinesgleichen entdeckt hatte, ein Schaf, das ihm magische Dinge zeigen und erklären konnte, die er bisher nicht erfahren hatte. Samuels Bewusstsein war unvoreingenommen und er wollte sich voll auf diese für ihn neue Gedankenwelt von Mali einlassen.

Samuel lauschte zuversichtlich den Worten dieses weltoffenen Schafs. Es fühlte sich gut an, endlich auch ein Schaf gefunden zu haben, das ihn verstand und seine Einzigartigkeit schätzte. Mali fuhr fort: „Diese Situationen, in denen du auf Ablehnung und Unverständnis gestoßen bist und auch Leid erfahren hast, sind wesentliche Lernprozesse, lieber Samuel. In diesen Momenten erfährst du am meisten über dich selbst. Und du hast furchtlos erkannt, dass du springen kannst wie kein anderes Schaf. Du bist wahrlich außergewöhnlich, mein lieber Samuel, und das ist etwas, auf das du stolz sein kannst.“ Samuel fühlte sich durch Malis Worte geschmeichelt. Mali sah seine glänzenden Augen und fügte hinzu: „Das Problem ist, dass Schafe in einer Herde meistens eintönig handeln und ihre Einzigartigkeit vergessen. Aber übersieh bitte nicht, dass jeder von uns außerordentliche Veranlagungen hat, auch andere Schafe. Manche können vielleicht singen, andere können schnell laufen, wieder andere haben einen beachtlichen Geruchssinn – auch, wenn sie es wahrscheinlich noch nicht wissen.“ Die beiden Schafe saßen viele Stunden am See und tauschten sich angeregt über das Leben, die Träume und viele andere Themen aus.

Der Sinn des Lebens

Klug und liebenswert, so präsentierte sich Malis ganzheitliche Weisheit, die über die Jahre hinweg gereift war. Sie hatte viel Zeit damit verbracht, die Natur, die Harmonie des Lebens und den stetigen Wandel zu erleben und konnte aus ihren reichhaltigen Erfahrungen heraus aufrichtige, erkenntnisreiche Ratschläge geben. Mali lehrte Samuel, dass wahre Lebendigkeit darin besteht, sich selbst treu zu bleiben, aber auch andere Geschöpfe nicht für ihr Verhalten und Denken zu verurteilen. „Jeder von uns wird mit einem wundervollen Potenzial geboren, das es zu entdecken gilt. Um andere Schafe zu inspirieren, solltest du ihnen nicht nur deine außergewöhnlichen Kräfte präsentieren – sondern ihnen zeigen, dass sie selbst eindrucksvolle Begabungen haben. Jedes Schaf sollte danach streben, seine eigene Schöpferkraft zu entfalten und dieser Freude zu folgen. Darin liegt der Sinn des Schaf-Lebens." Samuel verstand zwar noch nicht alles, was Mali ihm sagte, war aber sehr beeindruckt von ihrer beruhigenden und gelassenen Weisheit. Mali bemerkte Samuels Zögern und beruhigte ihn: „Wir werden bestimmt noch einmal über den Sinn des Lebens reden. Und eines Tages, mein neugieriger Freund, wirst du aufwachen und verstehen."

Mali betonte, dass es entscheidend wäre, nicht den Erwartungen anderer entsprechen zu wollen, sondern seinen eigenen Weg zu gehen. Sie ermutigte ihn, seine Sprungkraft auch in Zukunft nicht nur für seine persönlichen Bedürfnisse einzusetzen, sondern auch für das Wohle anderer, so wie Samuel es schon für den Fuchs Kuri getan hatte. Sie redeten darüber, wie alle Lebewesen ihre Gaben und Veranlagungen zum Nutzen der Gemeinschaft einsetzen und anderen helfen könnten. So würde die Welt zu einem besseren Ort werden. Mitgefühl, Respekt und Verständnis gegenüber allen Lebewesen waren die Grundlage dafür.

Die Weisheit und das ehrwürdige Wissen dieses inspirierenden Schafes ließen Samuel erkennen, dass es zwar auch um das persönliche Potenzial an sich ging, aber viel mehr um die Art, wie man es einsetzte. „Wer große Fähigkeiten hat, der trägt auch große Verantwortung", verdeutlichte Mali. Sie regte Samuel liebevoll dazu an, seine Begabungen mit Demut und Bescheidenheit zu nutzen und immer darauf zu achten, dass er anderen keinen Schaden zufügte. „Jedes Lebewesen sollte die Unterschiede zu anderen Lebewesen und den unverwechselbaren Schatz der eigenen Besonderheit anerkennen. Dies ist die Basis für ein friedliches Miteinander", ergänzte Mali seelenvoll. Ein warmes Gefühl der Zuversicht breitete sich in Samuel aus. Die zeitvergessenden Gespräche mit Mali gaben Samuel eine umfassendere Perspektive auf das Leben. Er stellte fest, dass es nicht nur darum ging, wie hoch oder weit man springen konnte, sondern um die Verbundenheit zu anderen Wesen und das zusammengehörige Gefühl der Gemeinschaft, um Hilfsbereitschaft und darum, dass wir gegenseitige Unterstützung erfahren.

Die innere Stimme

Lebenserfahren vermittelte Mali dem neugierigen Samuel, dass Erkenntnis nicht nur aus den Erlebnissen der äußeren Welt kommt, sondern auch aus der Erforschung der inneren, geistigen Welt. „Wahre Weisheit, Samuel, liegt aber nicht nur in äußeren Taten und Dingen, sondern auch in der Eigenschaft, zuzuhören und die innere Stimme wahrzunehmen. Dies hilft dir dabei zu erkennen, wer du bist, tief in deinem innewohnenden Wesenskern. Denn ein Schaf, das sich selbst nicht erkennt, versteht auch die Natur und die Abläufe herum im Außen nicht. Wenn ein Schaf nur nach außen schaut und den Blick nie in sein Inneres richtet, wird es sich selbst nicht erkennen."

„Bitte zeige mir, wie ich mich selbst erkenne, Mali." Samuels Bewusstsein war wie ein Schwamm, der alles von seiner selbstverwirklichten Lehrerin aufsaugen wollte. Mali machte deutlich: „Mein lieber Samuel, zunächst musst du lernen, dein Gedankenkarussell zur Ruhe zu bringen. Dadurch beruhigt sich dein Geist und du kannst eine tiefgründige und fundamentale Verbindung zu deiner inneren Stimme aufbauen. Du kannst ihre Botschaften viel besser hören und dich leiten lassen. Deshalb beginnen wir nun zu meditieren." Diesen Begriff hatte Samuel noch nie gehört und er grübelte: „Määähhh die Tieren?" Mali musste über Samuels Unbekümmertheit schmunzeln und erklärte ihm: „Meditation heißt, zur Ruhe zu kommen und zum Beispiel seine Augen zu schließen und seine Gedanken loszulassen. Viele von uns Schafen haben den Kontakt mit sich selbst verloren, und dadurch, dass wir meditieren, können wir diese innere Verbindung wiederherstellen. Meditation heißt aber auch, sich bei dem, was man macht, nicht ablenken zu lassen. Wenn du springst, springst du, und wenn du frisst, frisst du, und wenn du mir eine Geschichte erzählst, dann erzählst du nur diese Geschichte."

„Meditation ist ja einfach," dachte Samuel, das würde doch dann jeder so machen. „Nicht ganz", entgegnete Mali. „Denn die meisten Schafe denken beim Gehen schon an das Erzählen, und beim Erzählen denken sie an das Fressen, und beim Fressen sind sie mit ihren Gedanken schon beim Schlafen." Aber Samuel hakte nach: „Ich bin etwas am Grübeln, ob das funktionieren kann, dass ich durch einfaches Schließen meiner Augen und Stille mehr verstehen kann!"

„Wir probieren es", erwiderte Mali voller Einfühlungsvermögen. Gemeinsam setzten sich Samuel und Mali an den See, schlossen ihre Augen und lauschten gleichmütig und selbstversunken der Stille. Sie konzentrierten sich auf ihren Atem und ließen ihre Gedanken vorbeiziehen, ohne ihnen zu folgen oder sie zu bewerten. „Lass dir für deine Atmung ruhig etwas Zeit, Samuel. Deine Ausatmung kann auch gern etwas länger dauern als deine Einatmung."

Samuel vernahm zwar weiterhin die musizierenden Vögel in den Bäumen und das Rauschen der kleinen Wellen auf dem See, er dachte aber nicht darüber nach. Genauso wenig war ihm seine Sprungkraft in diesem Moment wichtig. Nach einigen Stunden - Samuel hatte jedes Zeitgefühl verloren - öffnete er seine Augen. „Mali, das ist ja unbegreiflich. Ich habe mich nicht bewegt, war körperlich so inaktiv wie sonst nur im Schlaf, habe nichts gesehen und auch meine Ohren haben nichts vernommen. Und jetzt fühle ich mich energiegeladen und es fühlt sich so an, als wäre alles, was ich jetzt machen würde, richtig. Auch das, was jetzt gerade um uns herum passiert, nehme ich im Vergleich zu vorher noch intensiver wahr. Was ist da gerade passiert?"

Voller Gutmütigkeit antwortete Mali: „Mein Lieber, wenn wir meditieren, verbinden wir uns mit der inneren Stimme unseres Herzens und kommen in Einklang mit unserer eigenen harmonischen Intuition. Normalerweise entspringt unser Handeln nicht dieser ruhigen, intuitiven Seelenharmonie, sondern ist durch Ablenkungen beeinflusst. Wenn du regelmäßig meditierst, wirst du lernen, dieses innere Gleichgewicht selbst dann zu haben, wenn du nicht deine Augen schließt. So wird dein tägliches Handeln im Laufe der Zeit selbst zu einem meditativen Handeln und daher grundsätzlich intuitiv und unvoreingenommen, wodurch du Antworten auf wesentliche Fragen deines Lebens finden kannst. Auf diese Weise werden wie von Zauberhand all deine Sinne geschärft, sodass du die Schönheit, die überall um uns herum in dieser wundervollen Welt existiert, so betrachten und genießen kannst, wie sie ist." Samuel war tief beeindruckt von diesen erhabenen Einsichten und nahm sich vor, so oft wie möglich zu meditieren.

Auf diese Weise entwickelte er eine größere Achtsamkeit und lernte immer besser, auf seine innere Stimme zu hören und seine Umgebung noch bewusster wahrzunehmen. Mali bestärkte ihn darin, sich auf seine Intuition zu verlassen und auf die unvoreingenommene Wahrheit seines Herzens zu vertrauen. „Jeder von uns ist ein spürendes Wesen, Samuel. Deine innere Stimme wird dich auf deinem weiteren Lebensweg begleiten und dir helfen, die richtigen Entscheidungen zu treffen und den richtigen Pfad einzuschlagen."

Das dritte Auge

Mali lehrte Samuel in den nächsten Tagen die Bedeutsamkeit, im Hier und Jetzt zu leben. Die weise Lehrerin veranschaulichte Samuel: „Die Vergangenheit ist vorüber, und die Zukunft bloß eine Vorstellung, aber der jetzige Moment ist ein Präsent, also ein Geschenk. Das ist auch der Grund, warum es Präsens genannt wird. Es kommt darauf an, was du aus diesem Geschenk machst." Samuel sah, dass das Glück und die Erfüllung nicht in der Vergangenheit oder der Zukunft zu finden waren, sondern im Hier und Jetzt. Denn außer dem gegenwärtigen Augenblick gibt es nichts anderes. „Mit dieser Einsicht, mein lieber Samuel, erkennst du bewusst die Qualität eines jeden Moments. Du bist offen für alles, was kommt, ohne eine denkende, vorurteilende Bewertung oder eine frühere, von der Schafgemeinschaft geprägte Vorschrift. So kannst du aus einer entspannten, gelassenen Spontanität heraus handeln – und bist genau dadurch für alle Möglichkeiten bereit, und handelst gerade deshalb richtig." Samuel begriff, dass die wahre Magie der Existenz im gegenwärtigen Moment liegt. Durch die Praxis der Achtsamkeit lernte Samuel, seine Bewusstheit auf den jetzigen Augenblick zu lenken und die Schönheit und Fülle des Lebens in jedem Moment zu erkennen.

Nach und nach setzte Samuel die Lehren von Mali um. Er meditierte jeden Tag, um immer wieder in

Kontakt mit seiner inneren Stimme zu kommen und seine Intuition zu spüren. Er praktizierte Achtsamkeit, um das Leben in all seiner Vielseitigkeit voll und ganz zu erfahren. Und er machte sich immer wieder klar, dass das Leben nur im jetzigen Zeitpunkt stattfindet und dass er selbst die Wahl hatte, das Leben bewusst zu genießen, damit er es nicht abgelenkt und unaufmerksam an sich vorbeilaufen ließ. In diesen Momenten konnte er einen geistigen Raum schaffen, in dem seine innere Erkenntnis zu ihm sprach.

Samuel spürte mit der Zeit ein seltsames Kribbeln hinter seiner Stirn, eine Empfindung, die er seit seinen regelmäßigen Meditationen bemerkt hatte. „Mali, wenn wir über solche Dinge sprechen, spüre ich dieses angenehme Kribbeln hier", erklärte er und tippte auf seine Stirn, zwischen den Augenbrauen. Mali lächelte weise und nickte, bevor sie antwortete: „Das ist ein Zeichen, Samuel, ein Zeichen deines spirituellen Wachstums. Diese Erfahrungen, die du gerade machst, sind spirituell. Sie öffnen dein drittes Auge und erweitern deinen Horizont über das hinaus, was deine gewöhnliche Schaf-Wahrnehmung und das materielle, dinghafte Denken dir zu bieten haben", erklärte sie sanft, ihre Worte fließend und beruhigend. „Diese Erfahrungen wirken in die geistige Ebene der Spiritualität hinein und haben direkte Auswirkungen auf deine Lebensführung." Seine wolligen Augenbrauen zuckten neugierig nach oben. „Spidualität? Und drei Augen?" Mali fuhr einfühlsam fort. „Weißt du, Samuel, Spiritualität zu verstehen ist nicht einfach, aber zugleich ist es das

Natürlichste der Welt. Es geht um den Sinn des Lebens." Samuel antwortete: „Den Sinn des Lebens? Das hattest du früher schon einmal erwähnt, Mali, und es klingt kompliziert." Das weise Schaf ergänzte: „Lass es mich erklären, Samuel. Spiritualität betrifft Dinge, die wir nicht immer sehen oder anfassen können, und genau das macht es für viele Schafe schwierig. Sie verstehen nicht, dass der Schlüssel zum Sinn des Lebens für die Augen unsichtbar in ihrem eigenen Inneren liegt. Spiritualität ist, als ob du in deinem Herzen und in deinem Kopf auf eine Entdeckungsreise gehst, um zu begreifen, was das Leben besonders macht und wie alles miteinander verbunden ist. Es ist, als würde man nach einem verborgenen Schatz im eigenen Geist suchen, um sich selbst und die Welt um sich herum besser zu verstehen und die Bedeutung des großen Ganzen zu erkennen. Und dabei hilft dir unter anderem dein drittes Auge."

Samuel konzentrierte sich nun wieder auf das Kribbeln hinter seiner Stirn und Mali ergänzte: „Dieses dritte Auge ist aber kein richtiges Auge wie deine anderen beiden Augen, sondern ein symbolischer Begriff, wie ein Gleichnis oder eine Metapher. Mit ihm kannst du Dinge wahrnehmen, die zuvor verschleiert waren und die über deine normalen Schaf-Sinne wie Schmecken, Riechen, Sehen oder Hören hinausgehen. Du öffnest dich für subtilere, feinere und intuitivere Erkenntnismöglichkeiten der Wirklichkeit und bemerkst Dinge, die vorher auch schon da waren, die du aber nicht vernommen hast. Dieses dritte

Auge unterstützt also deine anderen Sinne bei der Wahrnehmung der wahren Natur der Welt. Es liegt versteckt mitten in deinem Kopf, hinter deiner Stirn, etwas oberhalb deiner Augen, genau dort, wo du dein Kribbeln gespürt hast. Mit einem offenen dritten Auge wacht man aus dem normalen Schlafschaf des Alltags auf und sieht die Welt, wie sie ist – unendlich und verbunden als Einheit."

Samuel ließ seinen Blick über das Wasser gleiten und in diesem Moment spiegelten sich die Sonnenstrahlen warm und einladend auf seiner Stirn. Mali ergänzte: „Diese Dimension der Spiritualität liegt hinter den alltäglichen Erscheinungen der Welt, sie ist die Grundlage für alles. Und das bedeutet im Umkehrschluss, dass jedes Lebewesen und jede Handlung spirituellen Ursprungs sind, auch du und ich und der Baum hier neben uns. Gleichzeitig bist du durch deine innere Stimme mit dieser grundlegenden Ebene verbunden. Sie hielt sich bisher jedoch unscheinbar im Hintergrund. Deine Fähigkeiten sind also immer schon in dir vorhanden gewesen, sie waren sozusagen noch zugedeckt und eingefaltet. Sie warteten nur darauf, durch dich entdeckt und entfaltet zu werden." Samuel erkannte, was Mali meinte und verstand nun auch den Ursprung seines Kribbelns. Er realisierte entzückt, dass ihm dieser spirituelle Wesenskern schon immer zur Verfügung gestanden hatte - er ihn bisher jedoch nicht wahrgenommen hatte.

Wir sind verbunden

Nach einiger Zeit, in der Samuel mit Mali an dem magischen See über die Bewusstheit des Lebens sprach, empfand das junge Schaf eine wachsende Verbundenheit mit der idyllischen Umgebung. Samuel begann, die kostbare Schönheit und geheimnisvolle Symphonie der Natur um sich herum anders wahrzunehmen. Jeder Sonnenstrahl, jeder Windhauch und selbst die Grashalme schienen eine versteckte Botschaft in sich zu tragen. Mali vermittelte Samuel ein Bild der verbundenen Ganzheitlichkeit und der gegenseitigen Abhängigkeit von allem mit allem anderen, als ein Teil des Ganzen. Sie berichtete Samuel von den Elementen des Weltalls und der Natur und wie sie alle zusammenwirken, um das ausgewogene Gleichgewicht zu erhalten. „Schau, Samuel, diese Bäume um uns herum nehmen sowohl die Sonne, die Luft, die Erde als auch den Regen auf. In dieser Symbiose, diesem Zusammenleben von verschiedenen Dingen zum gegenseitigen Nutzen, entfaltet sich eine Woge von Lebenskraft, die sich durch das Ding bewegt, was wir Baum nennen. Alle diese Aspekte sind miteinander verbunden und nicht voneinander getrennt. Der Baum, die Sonne, die Erde und der Regen bilden eine untrennbare, lebendige Einheit."
Die weise Lehrerin zeigte Samuel, wie die Pflanzen sowohl die Sonne und das Wasser als auch die Erde nutzten, um zu wachsen. Andere Lebewesen wiederum ernährten sich von den Pflanzen und

halfen ihrerseits bei der Verbreitung der Samen, aus denen dann wieder neue Pflanzen wachsen würden. Mali machte ihm deutlich, dass die Luft, die alle Lebewesen atmeten, von den Pflanzen produziert wurde und die Pflanzen wiederum die Luft, welche die Lebewesen im Gegenzug ausatmeten, ihrerseits zum Überleben benötigten. „Wir alle teilen den gleichen Atem, Samuel. Es ist ein wundervoller, sensibler Kreislauf des Lebens, eine gegenseitige Abhängigkeit von allem mit allem."

Mali führte Samuel auch zu einem kleinen Bach, der in den See mündete. Dort sah er, wie die Fische im Wasser schwammen und die Vögel am Ufer tranken. Das hatte er zwar schon häufiger gesehen, aber erst jetzt realisierte er, dass alle Lebewesen aufeinander angewiesen waren, dass ihre Existenzen untrennbar miteinander verbunden und im ständigen, gegenseitigen Austausch waren. Mali ergänzte: „Manchmal scheint es, als ob alles stillstehen würde. Aber schau genauer hin. Alles ist ununterbrochen im Wandel, alles bewegt sich, alles verändert sich, Samuel, nichts bleibt gleich. Alles möchte wachsen, sich entfalten und Erfahrungen machen. Alles entsteht und existiert in allseitiger Beziehung zu allem anderen. Es ist wie in einem zusammenhängenden Netz ineinander verwoben. Und wenn du schon mal ein Spinnennetz beobachtest hast, dann weißt du, dass wenn du das Netz an einer einzigen Stelle berührst, diese Berührung Auswirkungen auf das gesamte Netz hat." Die Welt um ihn herum erschien Samuel wie ein gigantisches Gewebe, in dem alles miteinander verknüpft war. Es war, als ob jede einzelne Erscheinung, sei sie groß oder klein, eine Auswirkung auf und eine Verbindung zu allem anderen hatte. Die Bäume, die Tiere, die Berge, der See und er selbst – alles war Bestandteil dieses ganzheitlichen Geflechts des Lebens und die Eigenschaften eines Teils wurden von denen aller anderen Teile bestimmt. Es schien, als sei in jedem Teil alles andere enthalten.

„Wir nennen dieses all-umfassende Gewebe *Universum*, was so viel bedeutet wie *das Ganze*. Auch du und ich sind Teil dieser ganzheitlichen Magie", fügte Mali hinzu. „Du kannst dieses Einssein und diese gegenseitigen Verbindungen selbst im ganz Klitzekleinen finden. Wenn du eine Zauberlupe nehmen würdest, um mit dieser Lupe beispielsweise eine wollige Locke aus deinem Fell unendlich zu vergrößern, dann würdest du dort winzige, schwingende, vernetzte Teilchen finden, die auf gewisse Weise umherschwirren und miteinander tanzen und sich wie Wellen bewegen.

Wir bezeichnen diese Teilchen als Atome – sie bestehen aus einem Kern in der Mitte und ganz viel leerem Raum drumherum. Stell dir einen einzigen, winzigkleinen Wassertropfen vor, der mitten in diesem See hier vor uns schwimmt. Wenn wir ein Atom auf die Größe des Sees vergrößern würden, dann wäre der Atomkern so klein wie der ursprüngliche Tropfen. Um den Tropfen herum wäre leerer Raum. Diese Atome bestehen also fast nur aus Leere und bei deiner Locke ist es ähnlich. Und das Spannende ist, dass dieser leere Raum deiner Locke nahtlos in den leeren Raum deiner anderen Locken, meiner Locken, der Pflanzen oder auch der Luft übergeht. Es ist die gleiche verbindende Leere, die sowohl dein Fell und mein Fell, als auch die Pflanzen und die Luft und alles andere durchdringt und mit lebendiger Energie erfüllt."

Samuel blickte fasziniert auf sein Fell. Er konnte noch nicht ganz glauben, dass seine Locken leer sein sollten. Und Mali ergänzte: „Diese Leere ist also eine Art Einheit oder Gesamtheit. In allem, was leer und still zu sein scheint, verbirgt sich ihre geheime Energie. Jede Farbe und Form, die du siehst, jede Blume, die du riechen kannst, jeder Gedanke, den du denkst, entspringt und gedeiht aus dieser hintergründigen Ebene. Alles tanzt mit diesem Einssein der Leere. Sie ist wie ein unsichtbares Band, das alles erschafft und miteinander verbindet - dich, mich, die Bäume und sogar deine Gedanken und die Sterne am Himmel."

Das Universum

Obwohl das, was er bisher für wahr gehalten hatte, nicht unbedingt falsch war, gewann alles durch Malis Ausführungen eine neue, grundlegende Bedeutsamkeit. Und als Samuel die Erkenntnis erlangte, dass auch er Teil eines größeren Ganzen sein musste, war er zutiefst berührt. Er betrachtete den See, wie er es so oft tat, und eine tiefe Ehrfurcht überkam ihn, als er erkannte, dass die Wellen und der See untrennbar miteinander verbunden waren. Jede Welle, ja sogar jeder Tropfen, waren dazugehörige Bestandteile des gesamten Sees und trotzdem schien der See auf mystische Weise auch gleichzeitig in jedem einzelnen Tropfen zu existieren. Wie ein Kosmos des Klitzekleinen innerhalb eines Kosmos des Riesengroßen, reflektierte jeder winzige Wassertropfen das gigantische Ganze – und genauso verhielt es sich umgekehrt. Der Tropfen und der See tanzten sozusagen ununterbrochen miteinander. Dieses Wechselspiel offenbarte Samuel, dass er, genau wie der Tropfen im See, einerseits ein Teil eines grenzenlosen Gefüges war und andererseits dieses all-umfassende Geflecht gleichzeitig ein Bestandteil von ihm selbst sein musste.

„Das Universum, diese bewusste Energie des Lebens, mein lieber Samuel, ist dein Freund. Dieses Bewusstsein, diese Kraft, durchdringt alles. In dir und durch dich kommt es zur Entfaltung, es agiert als DU. Es ist gewissermaßen ein DUniverum. Dieser Kosmos ist eine sinnhafte, unsichtbare Ordnung, die uns in Form von Schwingungen mit allem anderen verbindet – ununterbrochen, unendlich und überall. Gleichzeitig umgibt uns dieses Feld der Lebensenergie und sorgt dafür, dass sich alles entfalten kann. Das Universum, also auch du und ich und unsere Körper, Gedanken und Gefühle, bestehen aus dieser für die Augen unsichtbaren, immer fließenden schwingenden Energie. Du kannst es dir wie ein verwobenes und alles durchströmendes Kraftfeld vorstellen, so ähnlich wie bei einem Magneten. Und es ist dieses Feld, das unsere Welt im Innersten zusammenhält, weshalb ich es gern *Weltfeld* nennen möchte. Es wird auch manchmal Seele oder Weltseele genannt. Du selbst, Samuel, hast auch eine Seele und bist ein verbundenes geistiges, spirituelles Wesen, so viel mehr als diese sichtbare, materielle Wolle und dein Körper."

Samuels runde, staunende Augen wurden immer größer und ihm wurde zunehmend bewusst, dass er selbst das Universum war und dass sich das Universum durch ihn verwirklichte. „Du, lieber Samuel, bist das Universum, das sich ununterbrochen selbst beobachtet. Das Universum handelt und entfaltet sich durch dich", unterstrich Mali die Bedeutung eines jeden einzelnen Individuums. „Auch andere Schafe sind Träger dieses kostbaren Geschenkes. Jeder von uns besitzt die Kraft, alles, was möglich ist, umzusetzen und der Schöpfer der eigenen Wirklichkeit zu werden."

Die Quelle des Seins

Phantasievoll und mit anschaulichen Worten hatte Mali den aufmerksamen Samuel gelehrt, dass das Universum unbegrenzte, ewige Weisheit in sich trägt. „Das Universum, dieses Weltfeld, ist die schwingende Quelle von allem, was ist. Sie liegt jenseits dessen, was wir mit unseren Sinnen und unserem Denken erfassen können", enthüllte sie. „Das Universum ist ein ewiges, transzendentes Bewusstsein, das auf gewisse Weise die Quelle oder der Urgrund ist – hinter allem, was wir Schafe mit Wörtern und Sprache erklären oder begreifen können."

Samuel konnte diese Erklärung nicht ganz nachvollziehen und runzelte seine Stirn in wollige Falten. Mali ergänzte: „Transzendent bedeutet, seine eigenen Grenzen zu überschreiten und über das hinauszugehen, was wir *‚normal'* nennen. Mehr wahrnehmen. Mehr denken und fühlen als das, was man bisher kannte. Man erkennt und erlebt eine Welt jenseits aller möglichen sinnlichen Schafs-Erfahrungen. Es ist so, wie zu versuchen, jemandem das Gefühl des Fliegens zu beschreiben, der noch nie geflogen ist: Stell dir vor, du bist ein Vogel und fliegst hoch in den Himmel, über den Wolken, wo alles unter dir klein und weit entfernt scheint. Du siehst die Welt aus einer ganz neuen Perspektive. Es ist, als ob du deine Flügel ausbreitest und in eine Welt aufsteigst, die voller neuer Möglichkeiten, Sichtweisen und Gefühle ist, die du am Boden nicht erfahren könntest. Transzendenz ist ein Zustand, in dem du über die Grenzen des Alltäglichen hinausgehst und in eine

Welt voller Wunder und Mysterien eintauchst und den wir Schafe nicht besser mit Worten erklären können, als ich es gerade versuche. Man muss es erleben – so wie du – und hier reichen Worte nicht aus. Wenn wir transzendente Erfahrungen machen, ist es so, als würden wir über unsere normale Welt hinausfliegen und einen kleinen Teil eines viel größeren Ganzen sehen. Wir fühlen uns verbunden mit allem um uns herum – verbunden mit dem Universum. Es ist das Gefühl, das du erlebt hast, als du deinen großen Sprung über den Zaun vollführt hast."

Samuel schaute Mali staunend an. Das weise Schaf fuhr fort: „Wir selbst, lieber Samuel, sind durch unsere Seele ununterbrochen mit dem kosmischen Bewusstsein des Universums verbunden. Diese universale Quelle ist eine Sphäre oder ein Raum, in dem alle Antworten auf alle Fragen vorhanden sind, wie bei einer tiefen, harmonischen Meditation. Jeder von uns hat durch die eigene, spürende Intuition des Herzens einen Zugang zu dieser Sphärenharmonie. Ein Leben im Einklang mit diesem Einssein des Weltfelds ist die Essenz des Schaf-Seins. Dies ist das, was unsere Vorfahren als Licht, Liebe, Himmel, Nirvana oder Paradies bezeichnet haben. Das Paradies, mein lieber Samuel, ist kein Ort, sondern ein Seins-Zustand."

Samuel blickte sich um und betrachtete die Bäume, den See, die Tiere. Er spürte diese geistige, energetische, alles umfassende Beziehung und konnte das harmonische Fließen der Lebensenergie des Universums in seinem Inneren nachempfinden. Es war ein ähnlich befreiendes Erleben wie sein Sprung über den Zaun der Wiese – nur dieses Mal hielt das Gefühl an und entwickelte sich zu einem dauerhaften Zustand der Glückseligkeit.

Das Erwachen

Ruhig und gedankenverloren lag Samuel in den folgenden Nächten unter der schimmernden Sternenwelt oft lange wach und betrachtete das Glanzgefunkel der Sterne und des silbernen Mondscheines. Er fühlte sich winzig und gleichzeitig unendlich in der Weite des mit ihm verbundenen Universums. Das sternenbeschienene Himmelszelt erinnerte ihn daran, dass es unermesslich viele Möglichkeiten und Wege gab, die darauf warteten, entdeckt zu werden.

Samuel fragte sich, welchen Zweck er in diesem großen Ganzen hatte und wie er seinen Platz darin finden konnte. In einer klaren Nacht blickte er wie so häufig hoch zum dunklen Himmelsfeld und plötzlich fiel ihm wieder ein, dass die Sterne ganz unterschiedlich flimmerten – wie es Luna ihm schon beschrieben hatte. Mal war ein Stern etwas heller, dann leuchtete ein anderer auf. Dennoch war jeder Stern für sich einzigartig und unverzichtbar. Vor Samuel offenbarte sich eine wegweisende Erkenntnis. Er verstand, dass auch jedes Lebewesen eine wirkungsvolle Rolle im Universum spielen müsste und dachte: „Wie die unermesslichen Sterne am weiten Himmel, so leuchtet auch jedes Lebewesen mit einer individuell schwingenden Energie und besitzt eine besondere Bestimmung. Auch jedes Schaf sollte nach der eigenen Vollkommenheit streben, die bereits in ihm veranlagt ist. Und wenn jedes Schaf außergewöhnliche Fähigkeiten hat, dann heißt das ja im Umkehrschluss: Es gibt keine gewöhnlichen Schafe."

Samuel jubelte über diese himmlische Erleuchtung. „Die anderen Schafe wussten das nur bis jetzt einfach nicht!" Er war überzeugt, dass er die Aufgabe hatte, andere zu inspirieren, sie an ihre eigene Einzigartigkeit zu erinnern und ihnen dabei zu helfen, ihre eigene innewohnende Kraft wiederzufinden, anstatt ihnen nur zeigen zu wollen, wie toll er selbst war. Ihm wurde klar, dass alle anderen Schafe und Lebewesen ebenso Teil des Universums und somit ein Teil von ihm selbst sein mussten und sie daher unmittelbar mit ihm verbunden waren. Ein erhabenes Gefühl der Nächstenliebe zu allem, was ihn umgab, erfüllte zunächst sein Herz und dann sein ganzes Wesen. Samuel war bereit, sich dem ewigen und liebenden Sein des Universums hinzugeben und darauf zu vertrauen, dass es ihn auf seinem Weg führen würde. Am nächsten Morgen berichtete er Mali glückselig von seiner nächtlichen Einsicht und freute sich über ihr nickendes, zustimmendes Lächeln. „Ich sehe, mein junger Freund, dass du erwacht bist."

Der Abschied

Samuel hatte seinen Seelenfrieden gefunden. Er wusste nun, dass er mit einem ewiggültigen, geistigen Wesenskern verbunden war, der ihn leiten und beflügeln würde. Nach vielen Abenteuern, einem höheren spirituellen Bewusstsein und der vollen Entfaltung seines Potenzials, vernahm er schließlich den Ruf, zu seiner alten Herde zurückzukehren. Obwohl er sich in der Unabhängigkeit und Freiheit seiner Entdeckungsreise wohlgefühlt hatte, vermisste er seine alte Gemeinschaft und wollte ihr mitteilen, was er erlebt und gelernt hatte. Samuel empfand eine vollumfassende und dankerfüllte Wertschätzung für die Wahrheiten, die Mali mit ihm geteilt hatte. Die Begegnung mit diesem besonderen Schaf war für ihn unbeschreiblich wertvoll gewesen.

Bevor Samuel aufbrach, flüsterte er Mali einige Worte zu, die für ihn den Gedanken beschrieben, dass Mali auch in Zukunft eine unsichtbare Begleiterin werden sollte und stets an seiner Seite sein würde, auch wenn sie räumlich voneinander getrennt waren: „Ich sehe dich und das Universum, die Liebe und die Wahrheit in dir, Mali. Ich spüre das Universum, die Liebe und die Wahrheit in mir und weiß, dass wir beide eins sind." Mali nickte und Samuel merkte ihr an, wie sehr diese Worte sie berührten. Mit leuchtendem Blick sagte sie: „Samuel, behalte immer deine Aufrichtigkeit im Herzen. Sie wird dich bei deiner Reise unterstützen. Und vergiss niemals, dass eine der

größten Lehren darin besteht, das Gelernte weiterzugeben. Bringe den Schafen in deiner Herde bei, was du erfahren hast. Teile die Liebe und die Wahrheit, die du in dir trägst, mit der Welt. Du bist ein Teil des Universums und das Universum ist in dir. Erinnere dich immer daran, egal wo du bist."
Mit Tränen in den Augen verabschiedeten sich die beiden und Samuel trat den Rückweg zu seiner Herde an, bereit, Malis Worte in die Tat umzusetzen und das Gelernte weiterzugeben.

Die Rückkehr

Treuherzig und emphatisch wie er war, wusste Samuel jedoch, dass er nicht einfach so zur Herde zurückkehren würde, wie er sie einst verlassen hatte. Er hatte sich verändert, er war äußerlich, aber vor allem innerlich gewachsen und hatte neue Perspektiven auf das Leben gewonnen. Er fühlte sich in seiner Individualität und seinem Wissen bestärkt, war aber auch voller Demut und Mitgefühl.

Als er seine alte Herde von Weitem erblickte, spürte er, wie sich eine gewisse Anspannung in der Luft ausbreitete. Er näherte sich dem hohen Zaun und überwand ihn mit einer spielerischen Leichtigkeit. Die anderen Schafe kamen herangetrabt, sie betrachteten ihn kritisch und misstrauisch. Samuel konnte ihre Zweifel verstehen. Schließlich war er auf einer anderen Ebene angelangt und wusste, dass er mit seinem entfalteten Bewusstsein und seinen Erkenntnissen über die Natur, das ewige Universum und die Liebe befremdlich auf die anderen Tiere wirken könnte. Aber er spürte zugleich, dass er diese Liebe verkörperte und es seine Aufgabe war, diese Einsicht mit seiner Gemeinschaft zu teilen.

Samuel trat beherzt und voller Enthusiasmus vor die Herde und begann zu erzählen. Er redete von seinen Abenteuern, den Begegnungen mit Luna, Fynn, Mia und dem Fuchs Kuri. Er berichtete von Mali und den Weisheiten, die er von ihr gelernt hatte. Er sprach von der Wichtigkeit der

Einzigartigkeit und dem bedeutsamen Potenzial jedes einzelnen Schafs und beschrieb seine Erkenntnisse über die spirituelle All-Einheit, die gegenseitige Abhängigkeit und über die Verbindungen im Universum. Die vollkommene Liebe durchströmte ihn, als er der Herde erklärte, dass er ihnen helfen wollte, ihre eigene Begabung zu erkennen und ihre innere Stimme zu hören.

Aber die Schafe waren skeptisch und wollten an ihren alten Überzeugungen und Denkstrukturen festhalten. Sie hatten noch immer Angst vor dem Unbekannten und vor der Veränderung. Aber Samuel gab nicht auf. Er hatte gelernt, geduldig und mitfühlend zu sein und konnte der Herde für ihr eingeengtes Denken und ihr früheres, ablehnendes Verhalten verzeihen. Er respektierte die Entscheidungen und den Weg jedes einzelnen Schafes und bot voller Wertschätzung seine Unterstützung an, wenn sie bereit waren, die Hilfe anzunehmen. Samuel sagte: „Es ist im Grunde genommen wie mit einer Eichel und einem großen, ausgewachsenen Eichenbaum. Wenn ihr diesen kleinen Eichelkeim betrachtet, dann wirkt diese Frucht recht unscheinbar. Wenn man sich aber um diesen Samen kümmert und ihn pflegt, dann erwächst aus diesem Keimling der riesige und mächtige Eichenbaum. Gewissermaßen ist der ausgewachsene Eichenbaum also bereits in diesem kleinen Keim veranlagt. Und genauso hat auch jedes Schaf unbegrenztes Potenzial. Ihr seid wunderbare Wesen, jedes einzelne Schaf von euch."

Nach diesen magischen Beschreibungen trat ein schüchternes junges Schaf namens Emma auf Samuel zu. Die anderen Tiere beobachteten sie gespannt, während Emma sensibel und mit zitternder Stimme sagte: „Samuel, deine Worte haben meine Seele berührt. Auch ich habe immer das Gefühl gehabt, dass es in mir einen unerfüllten Herzenswunsch gibt. Doch ich habe mich nie getraut, diesen Traum zu verfolgen." Samuel war erfreut, endlich jemanden gefunden zu haben, der seine Vision teilte. Er lächelte ermutigend und antwortete: „Emma, ich spüre, dass du eine besondere Kraft in dir trägst. Du musst nur den Mut aufbringen, deine Träume zu verwirklichen. Zusammen können wir alle unsere fabelhaften Fähigkeiten entdecken und uns gegenseitig fördern."

Emmas Augen leuchteten vor Aufregung. Sie merkte, wie ihre anfängliche Unsicherheit langsam von ihr abfiel. Sie fühlte sich gestärkt und trat entschlossen vor die Herde: „Es klingt vielleicht merkwürdig, aber ich verspüre den unbändigen Drang, anderen Schafen helfen zu müssen." Sie berichtete von ihrem tiefen Mitgefühl für andere Tiere und ihrem Bedürfnis, ihnen Trost und Unterstützung zu schenken. Samuel ergänzte: „Emma, ich verstehe genau, was du uns sagen möchtest. Du hast ein großes Herz, voller Güte und Wärme, genauso wie ich es bei Fynn, dem Eichhörnchen, oder Mia, der Feldmaus, gesehen habe. Diese Haltung der Nächstenliebe ist die eigentliche Natur eines jeden Schafes, nur geht sie im Trott des Alltags häufig unter. Umso dankbarer bin ich dir, dass du deine Gefühle mit der Herde teilst." Emmas Gesichtsausdruck wandelte sich umgehend von einem zurückhaltenden Zögern zu einer entzückten Erleichterung und auch die anderen Tiere der Herde horchten gespannt den Worten von Emma und Samuel.

Eine Herde mit Talenten

Unvorstellbar inspiriert durch Emmas Tapferkeit überwand ein weiteres Schaf seine Angst und sprach mit zurückhaltenden Worten: „Ich... ich kann malen.“ Die Herde lauschte überrascht und neugierig. Es war Liam, der einen Moment zögerte und dann langsam vortrat, seine Hufe voller Farbkleckse. Sogleich enthüllte er seine Kunstwerke, die er im Heimlichen malte und bisher versteckt gehalten hatte. Mit seinen geschickten Hufen war er in der Lage, kunstvolle Muster zu formen und kreierte mit den Farben eine Welt voller Schönheit. Jedes seiner Werke war ein Ausdruck seiner innersten Gefühle und Gedanken. Jeder Strich, jede Farbnuance beschrieb eine Geschichte und berührte die Herzen der anderen Schafe.

Anstatt jedoch Spott oder Ablehnung zu ernten, reagierte die gesamte Herde erst zurückhaltend und dann, mit jedem Bild, das Liam hervorzauberte, mit immer mehr Anerkennung und Bewunderung für Liams Kunst. Sie zeigten ihre Wertschätzung auf unterschiedliche Art. Einige Schafe klatschten lautstark mit ihren Hufen, wenn ihnen ein Bild gefiel. Andere ließen ihre Wolle aufspringen und füllten die Weide mit einem wogenden Meer aus weißen Locken und manche Schafe schlossen ihre Augen und ließen so die Kunstwerke von Liam auf sich wirken.

Samuel erinnerte sich an seine frühere Begegnung mit Liam und betrachtete fasziniert die Bilder. Ein Lächeln der Begeisterung breitete sich auf seinem Gesicht aus. „Liam, deine Kunst ist bewundernswert! Du hast eine Gabe, die die Herde verzaubert. Deine Bilder erzählen Geschichten und bringen uns zum Träumen. Geschichten verbinden uns und bringen uns zum Träumen." Liam hatte nicht erwartet, dass seine Kreationen solch positive Reaktionen hervorrufen würden. Etwas zaghaft hob er seinen Blick und flüsterte: „Vielen Dank, Samuel. Deine Worte bedeuten mir sehr viel. Und es tut mir leid, dass ich damals so schroff war, als du mich beim Malen überrascht hast. Ich bin froh, dass ich endlich die Überwindung gefunden habe, meine Kunst zu teilen." Die anderen Tiere der Herde schauten gebannt und mit erwartungsvollen Augen auf Samuel, Emma, Liam und die Kunstwerke.

„Nicht nur ihr beiden, Emma und Liam, sondern auch jedes andere Tier in unserer Herde hat besondere Gaben. Jedes Schaf unserer Herde ist toll, so wie es ist, jeder von euch hat schlummernde Potenziale in sich. Es ist ein unglaubliches Glück für die Herde, dass jedes einzelne Schaf von euch existiert", betonte Samuel und wandte sich an die gesamte Herde. „Lasst uns einander bestärken und unterstützen, unser innewohnendes Potenzial zu entfalten und unsere Träume zu verwirklichen. Wir sind alle Teil des Ganzen und in gegenseitiger Abhängigkeit miteinander verbunden. Gemeinsam sind wir stark!"

Ein Raunen ging durch die Herde und die Schafe begannen zustimmend zu nicken. Sie merkten, dass sie bisher unterschätzt hatten, welche Geschenke in ihnen schlummerten. Durch Emmas und Liams Mut erkannte die Herde, dass es wichtig war, offen für Veränderungen zu sein und die Individualität jedes Einzelnen zu respektieren.

Das neue Zeitalter

Voller Euphorie und Entschlossenheit begannen die Tiere, einander zu ermuntern und ihre Talente weiterzuentwickeln. Jedes Tier in der Herde erkannte, dass es einzigartige Gaben hatte, das es für die eigene Selbstentfaltung und zum Wohle aller einbringen konnte. Einige Tiere fanden heraus, dass sie ausgesprochen gut im Grasen auf steilen Hängen waren, während andere eine beeindruckende Befähigung zum Blöken besaßen. Lea, ein Schaf mit viel Feingefühl in der Hufe, half den anderen, ihr Fell zu säubern. Und Anton, ein Schaf mit einem sensiblen Gehör, warnte vor Gefahren, genauso wie Mia, die Feldmaus, es Samuel gezeigt hatte. Die Herde begriff, dass es in der Vielfalt ihrer individuellen Eigenschaften eine Stärke gab und dass sie alle etwas Außergewöhnliches waren. Die Schafe hatten verstanden, dass es wunderbar war, Unterschiede anzuerkennen und voneinander zu lernen. Die Herde entfaltete sich in ihrer Offenheit und fand Freude darin, einander zu unterstützen und gemeinsam Großartiges zu erreichen.

Emma, Liam, Anton, Lea und die anderen Tiere realisierten, dass sie eine zusammenhängende Einheit bildeten, in der jeder seine Gaben einbringen und sich gegenseitig anregen konnte. Der Herde wurde bewusst, dass sie als Gemeinschaft stärker war, wenn die Schafe sich gegenseitig helfen konnten und ihre vielseitigen Veranlagungen einbrachten. Die Weide, die einst von trostloser Engstirnigkeit und ablehnendem

Misstrauen geprägt war, wurde zu einem Ort der Harmonie, Inspiration und des Zusammenhalts. Sie erblühte zu einem Meer von Möglichkeiten.

Samuel wurde für viele Schafe ein Lehrer, Vorbild und Förderer. In der Herde reifte zudem die Einsicht, dass Samuel mit seiner Sehnsucht nach Freiheit und Selbstverwirklichung recht gehabt hatte. Sie waren ihm dankbar, dass er den Mut hatte, auf seine abenteuerliche Reise zu gehen. Schließlich hatte er ihnen damit gezeigt, dass sie alle verborgene Begabungen besaßen, die nur darauf warteten, entdeckt und entwickelt zu werden. Ihnen wurde klar, dass es nicht darum ging, wie hoch man fliegen oder wie weit man springen konnte, sondern vielmehr darum, überhaupt den ersten Schritt zu wagen. Samuel war erfüllt von bedingungsloser Zufriedenheit, als er sah, wie die übrigen Schafe ihr Potenzial entfalteten, füreinander einstanden und eine verbundene Zusammengehörigkeit geschaffen haben. Er war sich bewusst, dass das Wesentliche darin bestand, an sich selbst zu glauben, dem Ruf des Herzens zu folgen und sich von den Begrenzungen anderer nicht aufhalten zu lassen. „Die eigene Reise endet niemals, es gibt immer etwas zu entdecken, zu erfahren und zu verstehen", dachte er laut. Er fühlte sich bereit, sich weiterhin dem Fluss des Lebens hinzugeben und mit Fröhlichkeit und Staunen die unendlichen Mysterien des Universums zu erkunden. „Denn ein Universum, in dem alles mit allem verbunden ist, ist immer bereit, uns unsere Träume zu erfüllen."

Für meine Eltern, die mir das Fliegen ermöglicht haben. Vielen Dank für alles.

Printed in Poland
by Amazon Fulfillment
Poland Sp. z o.o., Wrocław

38678336R00054